# 小兔波力品格养成系列

# 妈妈错了

## 学会谅解

〔奥〕布丽吉特·威宁格　文

〔法〕伊芙·塔勒　图　　李颖妮　译

南海出版公司

2008·海口

妈妈到家的时候已经快中午了。

她在外面找了半天食物，觉得非常累。回到家真好！

可她刚进门，就发出一声惊叫："哦，不！"

一个漂亮的碗被打破了，地上全是碎片。

"谁干的？"妈妈生气地喊。

大哥马克赶紧跑过来。

"怎么了，妈妈？"

"看这一团糟！是谁把碗打了？"妈妈问。

"妈妈，你知道的，我从来不会打破东西后一走了之。"马克说。

"嗯，我猜啊，肯定是我们的小冒失鬼波力干的！"

这时，马尼和娜娜蹦蹦跳跳地进来了。

"妈妈好！你已经回来了呀！"

他们发现妈妈好像很生气，赶紧闭上了嘴。

妈妈指着地上的碎片问："谁干的？"

"不是我！"娜娜大声说。马尼也摇摇头。

妈妈又问："那会是谁呢？"

"肯定是爱闯祸的波力！"娜娜说。马尼也点点头。

爸爸回家了。孩子们马上向他报告：

"看，爸爸，波力打碎了一个漂亮的碗。"

"哎呀，"爸爸叹了口气说，

"我们的小波力是个活泼可爱的孩子，

就是有时候太冒失了，

不知道自己都干了些什么。"

这时，波力吹着口哨哼着歌，兴冲冲地跑进门。

"大家好啊！我又编了首新歌，棒极了，你们听听……"

"不，现在你给我听着！"妈妈生气地打断波力。

她指着地上的碗，说："看你干的好事！"

"但是妈妈……"

"你肯定爬到柜子上偷吃东西了！"

"没有，妈妈……"

"我跟你说过一百遍了，不能往柜子上爬，碗会掉下来的！"

"妈妈，你听我说……"

"不，波力，我不想听你的借口，你什么都不用说了！"

"但是妈妈，我想……"

"闭嘴，波力，走开！我现在很生气，不想再看到你！"

波力只好奔拉着耳朵跑出去。

他坐在屋后的草地上，手捂着脸，难过地哭了。

他没有把碗打碎，真的没有！

但是妈妈根本不听他说。波力拼命忍住眼泪。

他赌气地跺着脚，"太欺负人了，欺负人，欺负人！他们总是骂我！

所有问题都是我的错！没有人爱我。妈妈让我走开！"

波力抽泣着抬起头。

走？

对，就这么办！

"我要到外面的大世界去！对，我这就走！让他们哭去吧，后悔去吧，后悔他们不该这么对我，但是后悔也晚了！等我成了厉害、有名的大英雄，再回来。到时候他们肯定会吓一跳！"

波力从后门溜进屋，到卧室里带上玩具兔尼克。
"来，尼克，我们要到大世界去！"
波力拿了娜娜给布娃娃盖的一条小毯子，
他最喜欢的书，还有爸爸给他做的树皮船。
他把所有的东西都塞进枕头套，像个小包
裹一样往肩上一背，就跑出去了。

波力用最快的速度跑过草地，
消失在森林里。
他跑啊跑，一直跑到小溪边。
小溪的另一边就是广阔的大世界了！
看起来可真美啊！

波力坐下来休息。

慢慢地，天黑了。

"妈妈、爸爸，还有其他人已经

开始找我了吧！"波力想，

"但是他们不会找到我的！"

波力满意地笑着。

他站起来——突然，

他被什么东西吓了一跳，

又一屁股坐在地上。

一个巨大的灰影子无声地从他头顶掠过，消失在暮色里。

波力开始发抖。

他跑出来的时候可没想到会碰上猫头鹰！

当然也没想过狐狸、狗，还有寒冷的冬天……

波力心惊胆战地看看周围，背上包裹就跑——

沿着来时的路，一直跑到森林边。

他从包裹里取出尼克，还有布娃娃的毯子，蜷缩在草丛里，

等着……

他听见大家在喊他。

"波力，你在哪儿？"是马克。

波力一动不动。

"波力！波力！"

是妈妈，离他非常近！

波力紧紧地闭上眼。

"哦，宝贝，亲爱的小波力！我终于找着你了！"

妈妈把波力搂进怀里。

她看见草地上的包裹。"你不会是想离家出走吧？"妈妈惊讶地问。

波力点点头。

一颗大大的泪珠从他的脸上滚落下来。

妈妈吻去了那颗泪珠。

然后她说："是马尼打碎了碗。你一走他就承认了。

妈妈今天不该骂你，妈妈错了。

波力，你能原谅妈妈吗？"

"嗯，妈妈，"波力说，"我原谅你。"

他们紧紧地拥抱在一起。

"但有一个条件，你要背我回家！我都累——死了！"波力打着哈欠说。

"好啊！"妈妈笑着说，"上来吧！"

波力背上包裹，

妈妈背上波力，

马克跟在他们后面。

"波力回来了！"

大家都高兴极了。

只有马尼奔拉着耳朵站在角落里。

波力从妈妈的背上滑下来，跑到弟弟面前，说："马尼，你真淘气！

但是，如果你发誓再也不这么干了，我就原谅你，

你还要把你的布丁分我一半，怎么样？"

"成交！"马尼笑了。他们握了握手。


一家人终于可以吃晚饭了。大家为了找波力折腾了一个晚上，

而波力也折腾了一个晚上忙着离家出走又被找回来，

每个人都饿坏了！

因为少了一个碗，波力和马尼只好合用一个，
但是他们一点都没争！

**图书在版编目(CIP)数据**

妈妈错了 / 〔奥〕威宁格编文;〔法〕塔勒绘;李颖妮译.
－海口:南海出版公司,2008.1
(小兔波力品格养成系列)
ISBN 978-7-5442-3920-2

Ⅰ.妈…  Ⅱ.①威…②塔…③李…  Ⅲ.图画故事－奥地利－现代
Ⅳ.I521.85

中国版本图书馆 CIP 数据核字（2007）第 180347 号

**著作权合同登记号**　　图字:30－2006－054

PAULI, KOMM WIEDER HEIM!

by Weninger Brigitte, illustrated by Tharlet Eve

© 1996 NordSüd Verlag AG Gossau Zurich / Switzerland

Published by arrangement with NordSüd Verlag AG

through Beijing Star Media Co., Ltd.

ALL RIGHTS RESERVED

MAMA CUO LE
妈妈错了

| | | | | |
|---|---|---|---|---|
| 作　　者 | 〔奥〕布丽吉特·威宁格 | 绘　　图 | 〔法〕伊芙·塔勒 | |
| 译　　者 | 李颖妮 | 责任编辑 | 任在齐　李　昕 | |
| 特邀编辑 | 印姗姗 | 内文制作 | 杨兴艳 | |
| 丛书策划 | 新经典文化（www.readinglife.com） | | | |
| 出版发行 | 南海出版公司（570206　海南省海口市海秀中路51号星华大厦五楼）　电话　（0898）66568511 | | | |
| 经　　销 | 新华书店 | 印　　刷 | 北京国彩印刷有限公司 | |
| 开　　本 | 889毫米×1094毫米　1/16 | 印　　张 | 2 | |
| 字　　数 | 5千 | 书　　号 | ISBN 978-7-5442-3920-2 | |
| 版　　次 | 2008年1月第1版　2008年1月第1次印刷 | 定　　价 | 12.00元 | |